이현정 제5시집

사랑의 메아리

이현정 제5시집

사랑의 메아리

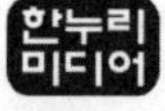
한누리
미디어

책 머리에

네 번째 시집이 나온 지 7년만의 일입니다
수백 편의 시가 쌓이도록 발표할 엄두가 나지 않았습니다

지금은 글을 읽고 생각하는 시대가 아니라
보고 즐기며 쉽게 사는 세상이라고 들었기 때문이기도 합니다

서툰 걸음마이지만 인터넷 공간에 발을 들여놓은 이래
의외로 시를 사랑하는 사람이 많다는 사실에 눈을 떴습니다

목말라 하는 마음들을 샘물 같은 시로 적시고 싶어졌습니다

월드컵 4강 진출이라는 화합의 한 마당에 우리는 하나였지요

당시의 성원을 담은 시들을 위주로
다섯 번째 시집을 출간하오니 틈틈이 품어 주십시오
사랑의 메아리는 여러분의 것이 될 것입니다

2002년 8월

이 현 정 올림

책 머리에 ······ 9

 **진달래꽃**

목련 큰 나무　2부

3부　흙의 마음

이현정 제5시집 / **사랑의 메아리**

생각이 깊은 산 4부

5부　새벽녘 소리

서울을 떠나려네　6부

1부
진달래꽃

진달래꽃

진달래는 아리랑꽃,
우리의 강산을 취하게 한다

진달래꽃 피면
향수에 젖어
어릴 때 놀던 친구들 모여 막걸리를 마시고 싶다

정에 약한 마음, 공해에 약한 마음
두런두런 꽃피는 동산에 올라
남은 날을 어여삐 노래해야지

거뜬하게 키 큰 나무가 못되어
크게 탐스런 꽃이 못되어
울적한 진달래꽃에 묻어 나 고향에 가고 싶다

진달래꽃은 이 땅의 참꽃,
우리의 산천을 하나 되게 한다

개망초

개망초 핀 언덕에 달빛이 내리니
밤이 유난하다

길눈 어둡지만
길에서 눈 감은 적 없는데
어느 결에 모여들어
달빛에 눈 뜬 개망초 하얗게 웃고 있다

이름 없는 풀꽃 시절이 길었든지
달 없는 밤이 서로의 얼굴을 가렸는지
헛수고도 언젠가는 영글 날 있나 보다

돌아선 마음 언저리에도 개망초 피어
달이 뜨고
바람이 다녀가고
별똥별이 길을 묻는다

감자꽃

감자꽃의 감회가
운동장 넓이를 채우고 있어요

반갑고 헤픈 마음에
끝이 보이지 않습니다

까마득한 기억 속의 감자밭 고랑이
세계화의 마술에 걸렸나 했었지요

올망졸망한 나이또래 형제들 모여
두레박 가득히 우물물 길어다가
감자꽃 피웠었지요

훌훌이 잊은 지
반세기가 훨씬 넘었습니다

푸른 교통 신호등이 켜지고
감자꽃 다시 보는 여행길에
거친 숨소리가 나를 마셔
나는 거덜났나 보옵니다

우물물 없어도 감자꽃 피었는데
사람의 발길 끊인 가슴에는
소금기 많은 땅거미 지고

감자밭 아득히
감자꽃 지는 감회를 어이하리까

2002 한일 월드컵에 부쳐

2002년 5월 31일 저녁 으스름 속에
서울 상암구장에서 세계의 축구 축제가 열렸다

개막 잔치는 한국적이나
세계의 이목을 압도했다

고전과 현대가 담소하고
한국이 세계를 부둥켜안고
그리고 그러기에 합당한 모습 보였다

청소년을 열광케 하는 대스타가,
여성을 사로잡는 미남 선수가 줄줄이 나타나
생애의 황금시기를 투자한 그들의 기량을 펼치리라
서울에서 제주도까지 또한 일본 열도까지

나라마다 위상을 높이기 위해 각축전을 펼치는 이 땅에
우리는 큰 마음 열어 모두를 성원하고 보살피는 주인이다

32개국 선수들 중 소외되는 이들 있을세라
'코리아 서포터즈' 응원단이 조직되어
낯선 언어도 힘겨운 연륜도 아랑곳 않는 노년층이 나섰다

강제 이부제에 국민이 호응하니
교통 소통은 원활하고
노소가 한 마음이니
손님의 나날이 편안하지 않으랴!

이 참에
전쟁과 경쟁과 이해득실로 얼룩진 지구촌에
선의의 바람 불어와
우리의 주인의식이, 교포들의 자존심이
안팎으로 그득하게 되길 빌 뿐이다

부디 한 달이 하루 같으소서

갈채

땀에 젖어
혹은 비에 젖어
전신을 불사르는 선수들이
경기장을 뜨겁게 달구고 있다

국민의 성원 속에
응원단의 함성 속에
월드컵 축구 경기가 애국의 선봉에 서 있다

초여름 태양보다 찬란한 붉은 악마들이
대~한민국을 연호할 때마다
도심은 축제의 물결에 흔들리고
가슴은 감동으로 물결친다

승리보다 아름다운 화합의 정신이여
갸륵한 봉사의 숨은 손길이여!

그대들의 멋진 응원 문화와
깔끔한 마무리 정신으로 하여

방방곡곡에 울려 퍼지는 우리의 자긍심을 읽고 있는가?

세계를 누비는 자랑스런 메아리도 듣고 있는가?

감회에 젖은 6월이
울렁출렁 갈채의 숲을 이룬다

8강의 감회

8강은 꿈이 아니었네
기적은 더욱 아니네

화려한 열정의 무대에 우리 서로 엉켰는데
이것이 꿈일 수 없듯이

감독이 만들고 선수들이 낳은
실력이 이루어 낸 승리가
절대로 기적일 수 없음일세

축구 강국을 혈전 끝에 누른 오늘의 승리야말로
엄숙한 세계화의 길잡이네

이 땅을 붉게 물들이던
붉은 악마들의 열성이
마침내 하늘을 감동케 했거늘—

자랑스러워라
뚝심있는 감독에 장한 선수들,
그리고 끓는 응원단의 높은 의식수준은!

세월이 가도 기억되리라
이 나라 젊은이들의 빛나는 투혼과
우리 모두의 하나 된 감동은—

어쩜 좋아?
8강에 오르니
우승의 고지가 눈 앞에 보여요

4강에 올라

빛 고을에서 우리
아시아 최초로 4강에 올랐어요

22년 전에 피로 얼룩졌던 민주화의 요람, 광주에서
2002년 FIFA 월드컵 4강전이 요동쳤지요

축구 강국 스페인을 상대로
못미치는 체격조건을 뛰어 넘은 불굴의 투지는
눈물 없이 받아들일 수 없는 정신의 승리를 낳았어요

세계의 뉴스도
눈물에 젖은 이 땅의 환희에 초점을 맞추고
축제의 땅은 지금
붉은 악마 정신이 지키고 있습니다

우리의 밤하늘은 불꽃놀이가 밝히구요
밤거리는 경적소리가 대~한민국을
감각적으로 외칩니다

우리의 기를 살린 축구 감독 히딩크여
잠재력을 자신감으로 표출시킨

선수여, 역동적인 대한민국이여!

참으로 수고 많으셨습니다

너 죽고 나 살자는 경제대국들도 기죽은 이 마당에
살 맛나는 세상 이루어 봅시다

우리 그럭하십시다

열대에서 온대로

정연하고 뜨겁던
열대의 꽃들 어디로 갔나

목청껏 외치던 대~한민국!
하나 된 감동을 가슴에 심어 놓고—

흥의 민족이 흥을 발산할
축구라는 출구를 찾아
세계의 눈이 휘둥그레지도록 엄청났었지

독일에 분패한 태극 전사들은
뒷모습조차 자랑스러웠다

열정에 허기진 노인의 눈에도
껑충껑충 뛰고 펑펑 우는 젊음은
혼이 깃든 축제의 원동력이었어

뛰는 선수나 숨은 일꾼이나
체력의 한계를 뒷받침한 정신력은 위대했었네

이제

신화창조의 주역들 모두 지친 몸으로 집에 갔다

균형은 그렇게 혼자서 이루어 가야 하니까

오! 필승 코리아, 그 벅찬 함성이
우리는 무엇이든 할 수 있다는
심오한 교훈을
지구촌에 메아리로 남겨두고……

손녀와 할머니

한일 월드컵 4강 진출이 너무 기뻐
태어난 지 48일 된 손녀에게
붉은 악마 옷을 입히니
아기의 옹아리하는 입 모습이 흡사 대~한민국이다

사진 보고 환호하던 할머니,
시간이 지날수록 허전한 계보에 눈을 뜬다

손녀는 마치 세상을 다 아는 것같지 않은가!
컴퓨터를 모르면서 사이버 세계에 비친
할머니를 용케도 닮아 있다

붉은 악마 사랑에 흔들리기 부끄러운
나이도 닮았다

비 오신 뒤
풀잎에서 반짝이는 햇살 같은 아기, 단비야!

붉은 악마는 영원히 이기고
선수는 한 순간 명예롭게 패했지만
울려 퍼진 눈물의 애국가로 우리는 충분히 행복했단다

비록 결승 진출의 꿈은 꺾였으나
세계는 우리더러 진정한 승자란다

그 믿음을 발판으로
참으로 융성한 너희의 날에

할머니 음성에 귀기울일 어느 먼 그리움을 위하여
손녀 단비 사진 아래 할머니 씀

달맞이꽃

깎아지른 비탈은 달맞이꽃 일색이었습니다

어둠이 내릴 무렵이어서 주변의 눈길을 한 곳에 모았습니다

사람의 접근을 막는 철조망 너머
달맞이꽃은 어떻게 모여 넓은 세상을 꾸몄을까요

고슴도치 같은 잎사귀 때문에
크게 보이는 꽃이
네잎 클로버를 감칠 맛나게 닮았어요

달이 없어도 편안하게 달맞이꽃이 피어
달 없어도 푸근하게 밝은 길입니다

고향 마을 호젓한 곳에
하얗게 피어 있던 꽃,

그렇게
상큼하지 않은 노랑이지만

다른 꽃 마음 닫는 때에 마음을 열어

빈 시간 메꾸는 빈 자리 차지가 여전했습니다

정겨운 꽃이름 다시 불러보는 만남이
울컥 반가웠습니다

넝쿨장미

넝쿨장미 흐르는 돌담벽은
기뻐서도 울어 버린 마음처럼 붉다

밤 이슬에 젖은 향기는
꽃의 에너지로 변신해 있다

태양의 열정을 자극하는 빨강이
그렇게 뜨겁다

침묵 속에 잠길 수 없는 향기를 위하여
그대 하필 가파른 하늘 길에 태어나

길목을 지키는 우리 서로 숨찬데
남은 날을 근심하는가

홀연히 날 새고 날 저물어
하늘같이 빈 마음 알았는데—

엉겅퀴

첨단을 달리는 패션 감각을 따르는 이가 없다

야들야들한 살결에
바람탈까 내숭떠는 유행을 거슬러
개성이 남다른 엉겅퀴 가족
외모에 초연한 골격미가 멋지다

아빠꽃 아들꽃 엄마꽃 딸꽃
발돋움하는 기쁨이 화음을 내는 자리

발길 돌리려는데
주저앉은 음성이 나를 잡는다

나 좀 데려가지—
마음 좀 편케—

손탈 일 없는 할머니꽃은
웃음 흘린 내 마음에 살아 있고
나는 종일 그 말에 기대어 있어—

밤 벚꽃

고목이 더 화사한 밤이다

은은한 조명 아래 밤 벚꽃은
사람을 들뜨게 하는 꽃구름이다

꽃이라고 말하기엔 너무 몽롱하고
구름이라 일컫기엔 노골적인 아름다움이다

밤이 부러워하는 꽃,
잠을 설치게 하는 꽃에
무던하던 사람도 흔들린다

사람의 관심을 몸으로 덮치며
후루루루 꽃비 쏟아지는 야한 밤에

돌아선 하늘은 너무 캄캄해
가슴에 코를 묻는 아릿한 슬픔!

무대 뒤에 적막이 이 같다던가?
한 시절 놀이마당에
사람의 취기가 포물선을 그린다

골무 한 쌍·1

한 쌍의 골무를 양 손에 끼고
골무가 태어난 집 찾아간다

객지를 떠도는 사람들이 막막하면 찾아들던
도시 속의 고향집!

허름한 세월 속에 아늑한 그 집에서
빈혈이 심한 옛날을 만난다

철없는 가난 같은 나를 거두어
오늘이 있게 하신 어머니 계시고

온갖 병치레 끝난 나 멀리 있어도
그이 손에 태어난 골무 내 손 안에 있어
우리는 마음이 맞닿아 있다

자꾸만 울고 싶은 시간이 다리를 놓아
그 어머니 울어계시고
나 흠뻑 젖어 있건만
아득한 신념이 고치 만들어

진정한 외로움도 눈물짓는 그리움도
꿈길이어라

골무 한 쌍·2

골무는 각각 무명실 똬리를 틀어
가운데 앉혔다

똬리를 방패삼아 청실 홍실 수를 놓으니
노랑 바탕에 앙증스런 꽃이 피고

또 한 골무는
삼원색 비단의 귀를 맞추어
손땀이 숨어든 조각 바탕이 선명하다

바탕을 감싼 검정 테두리는
녹색실, 주홍실에 안팎이 맞물려
양면이 짝을 이루며 완성 되었는데

여러 차례 풀을 먹여 튼실한 골무는
능히 바늘쌈을 감당할 만하다

이제
그 총기 쇠하고 기운 다 하여
골무 다시 태어날 일 없어라

내 눈에도
서릿발 내려
골무 품은 생각마저 어두워지련다

모정

체중을 부려놓고 떠난 사람,

체온을 벗어놓고 떠난 사람,

체취 풍기는 길목에 서서

너도 우는가
가을 나무여!

야생화 얼레지

얼레지, 너 정말 그렇게 웃어도 되니?

사방이 깜깜한데
겁 없이 진한 웃음 웃는구나

네 빛깔에 쏘인 듯
그 깜찍한 몸매에 홀린 듯
나 어디까지 가다가 되돌아 왔다

그래도 그렇게 정면에서 뚫어지게 보지는 마
죄 없어도 마음이 빨개지니까

나는
네 뺨에 와 닿는 바람도 햇빛도
몰라보는 시가 되어 너링 있고 싶이

네 이름 널리 알려진 바 없으니
터놓고 할 말도 귓속말이 되는구나

보고 또 보아도 보고 싶은
화장기 없는 마음의 꽃
얼레지를 위하여—

어릿광대

판을 어울리게 하려고
이상야릇한 분장을 하고
온갖 웃음거리로 흥미를 유발하는 사람

어릿광대는
언어나 문화를 초월한
변방 인물이다

남을 기쁘게 하기 위해 자기를 버리고
겉으로 웃으면서 속으로 우는 사람이
어릿광대뿐이랴

2부
목련 큰 나무

목련 큰 나무

목련 큰 나무는
봄의 함성 같은 꽃을 피워

깨어나라!
깨달아라!

때를 일러주고
우리 속에 갇혀 있는 정신도 일깨운다

겨우내 눈 감았던 나의 마음은
끝없는 시공을 거닐더니

오늘 눈 뜬 마음은
목련꽃 속에 갇혀 있다

그 큰 마음도
이 작은 마음도
어디로 가는지
가고 있는지

꼭두새벽 하늘이 바삐 흘러

추스릴 겨를이 없다

그 틈에
머리는 머리로 살라 하고
가슴은 가슴으로 살라 하지만

목련 큰 나무는 침묵을 밝혀
시련 가운데 허물을 허물치 않는다

등넝쿨

사방이 확 트인 등나무 그늘 아래
포도송이 같은 등꽃이 주절주절
간접 조명을 받고 있다

가족이 둘러앉아,
친구가 모여
등꽃이 꽃등이 된다

향기 어린 무대에 오르지 못한 마음도
꽃등 밝힌 순간의 감동으로
연중 삶을 가꾼다

네 기둥을 타고 오른 등나무 줄기는
엄숙한 좌회전 금지인가?

한결같이 오른쪽으로 방향을 틀며
지붕에 올랐다

해묵은 등넝쿨은
무성한 계절의 정자다

정자에 사람의 발길 끊어지는
하루의 마감시간에
뒤돌아보는 황혼은 눈물나게 아름답다

등꽃은
영원한 마음의 꽃등이다

오동나무·1

나 오늘,
오르지 못할 나무를 넋놓고 쳐다보는 까닭은
오동나무 다발꽃의 노출이 심한 때문이다

오동잎 따로, 오동꽃 따로
햇빛도 달빛도 쉬어가는 나무

고을마다 수령처럼 자리잡은 이 땅의 토종이다

안방 장롱에서 거문고의 공명통까지
예술 못지 않은 기술이 있다 해도
오동나무 재질이 없었다면
탄력성을 대물림하는 자랑이 있었을까

보고 싶어도 영 가까이 할 수 없는 꽃,

오동꽃은 지체 높은 양반꽃이다

그래도 어쩔 수 없이
나는 날마다 아는 체를 하고 싶다

오동나무·2

냇가에 선 오동나무 잎새에
하늘 한 쪽이 담겨 있다

사물놀이패는 떠나가고
분위기에 끼이지 못한 서러움이
눈길을 끈다

고뿔이 심한 떡잎 하나
앞가림을 못하고 떨어진다

돌아서는 나를 꾸짖는 소리 있어
뒤돌아보면
남은 한 잎이 떨어졌다

약낭기 같은 가슴에
아릿한 고향 냄새!

흐름이 뚝 그친 저 강바닥에도
만날 때마다 허물을 벗는 사랑이 있었느니……

꿈은 삶의 영양소

삶이 번뇌의 소굴이라 했던가?
번뇌가 없는 삶은 황당할 텐데—

꿈을 일러 누군가 황당하다 말했던가?
꿈은 인간을 얼레 삼은 삶의 과거요 미래인 것을—

과거를 횡단하여 나를 살찌운 꿈,
미래를 향하여 나를 북돋우어 주는 꿈,
꿈은 밤낮을 가리지 않는 마음의 양지요
삶의 영양소인가 한다

마치 인체의 신경조직처럼
그 끝을 감추고 있지만
꿈이 있기에 믿거라 하고 우리는 내일을 약속하지,

그러나 어느 한 순간에
아무도, 아무것도 없는 끝 모를 세상이 열리고
죽음이야말로 우리가 혼자 꾸던 꿈의 고향임을 알게 되리라

필연인 죽음이 준비된 여행이기 위해
길 없는 길, 꿈 길에서
오늘은 삶의 빗장을 풀어 본다

우산 속에서

무더위를 씻으며
비가 온다

우산을 펼치면
비 소리는
마치 이로운 말만 하는 친구 같다

가까워지는 발자욱, 멀어져 가는 발자욱
스쳐 지나가는 어느 것 하나
젖지 않은 소리가 없다

우산 속에 있으면 비 소리에도
고저장단의 음색이 있다

노여움이 빗발치는 말의 숲 속에
우산은
상처를 나누어 가진 가슴으로 울고
비는 말 많은 가슴에 나이테를 그린다

온 누리에 자비를 일깨우며
뿌리내리는 비 소리에 귀기울이면
우산 속에 있어도
가슴이 젖는다

먹물 옷

달빛은 나를 빚어 팔등신을 만들었다

흡사 내 안에 뿌리내린 너를 보듯,

너도 지금 같은 달 아래 그림자가 머금은 나를 보는가?

아! 먹물 옷 입은 그리움이여—

변죽을 울려

영산홍 붉은 빛이
심오한 경지에 이르렀다

사람의 눈 높이에 무수한 가지치며
몸을 불린 나무다

영산홍을 들러리선 영산백이 몸을 낮추어
두 빛깔이 몸을 섞으니 장관이다

"꽃이 붉을라치면 영산홍만큼은 되어야재?"
촌로가 한 말씀하고 허허 웃는다

돌연
봄이 한창인 나의 감동이 타격을 입는다

…………

영산홍 보고 울부짖는 백발이
변죽을 울려

가슴 밑둥이 운다

보고 싶어서

보고 싶어서 아득한 마음에
수평선이 보인다

고기잡이 배는 갈 길 가는데
그리운 버릇이 마냥 따라간다

사라지는 건 배뿐이 아니다

하얀 뱃길이 폭을 넓히며
멀어져 가는 나를 흠뻑 머금었다

'나 여기 있어' 하는 뱃고동 소리도
남들은 잊고 사는데

그것들과 함께 힘겨루기하는
삶의 외침소리 되어
나를 맴돈다

보고 싶어서 비가 오고
보고 싶어 바람이 부는 내가
창으로 열려
언제나 잔잔한 바다를 숨쉰다

사랑의 메아리

사랑은 피를 맑게 하나 봅니다

살갗에서 뼈 속까지 윤기 흐르고
정수리에서 발끝까지 싱그러운 기분입니다

사랑은 날마다 새로워지는 불씨

하늘 가득한 빛의 의미도,
가슴 깊은 되새김도
그대 생각에 숨을 쉽니다

침묵조차 향기로운 그대여!

사랑의 메아리는
사람의 향기를 전해 옵니다

당신의 여보

'여보'가 2인칭인 이웃이 있다
이웃은 나의 동갑내기 쯤이다

그녀가 여보라고 부르는 이가
나뿐인지는 알지 못해도
나는 기쁜 마음으로 뒤돌아보며 '당신이야?' 한다

여보와 당신이 자유로운 우리 사이
겉모습이 덤덤할수록 정이 끈끈하다

말하거니와
막상 나의 일상 용어에 여보는 없다

쑥스러워 미루다가
아주 놓쳐 버린 호칭이니까

그녀가 나를 앞서가는 날이면
나에게는 문제가 생긴다

'여보!'가 안 되는 나는 종종걸음친다

겨우 따라잡고서야 나를 추스려
'당신 사람은 뒤도 안 봐?' 한다

그녀는 무얼 모르고 여보처럼 웃는다

수많은 여보와 익숙한 당신이 있어
엎치락 뒤치락 부르고 따르는
숙연한 고장은 어디인가?!

구상나무

죽음을 묵상하는 나무,

구상나무는 죽어서 스스로 껍질을 벗는다

잔 가지 없는 고목의 몸체는
두 팔 벌린 사람의 뼈대처럼 하얀 알몸이다

엄연한 이 땅의 토종이언만
주검의 분장은 이국적이다

어디서 말발굽소리 들릴 것 같고
인디안 전사라도 나타날 것만 같아
사람들은 말한다
"죽은 나무야?
살아 있는 거야?"

벗은 나무와 입은 나무의 차이는 그토록 심각했다

열반에 든 고승의 정신처럼
죽어서 한껏 돋보이는 할아버지 나무 곁에
아들나무는 숱이 많은 더벅머리로 서 있고

그 아래 솔가지도 오붓한 손자나무 앉아 있다

속세를 떠난 정신의 골격과
갖가지 욕망이 어우러진 세속은
시작과 끝이 맞물려 있었다

한해살이 솔방울은 알차고 푸르러
소반에 듬뿍 올리고 싶어도
그 또한 끝내 스스로 바스라진단 말에
삶이 다 그러려니 하던 사람의 생각이 아파라

자귀나무

자귀나무 이파리에 지각이 있다
건드리면 움츠러드는 미모사를 닮아서다

추우나 더우나 그러하더니
어둠이 찾아들면 용케도 잎을 접어
두 잎이 한 몸이 되기에 합환수라 이른다

꽃이 드문 초여름날 충청도 들녘에서
냇가에 늘어선 자귀나무 행렬을 따라
나는 여지없이 무너졌느니

꽃술 같은 꽃 피고 또 피어
스물은 됨직한 모듬꽃이언만
여차하면 날아 오를 살품이꽃이다

하얀 속살 피어올라 연분홍으로 마감한 깃털 잎새는
그 옛날 아기씨 마음 속 불꽃놀이 같다

별명도 발목을 잡는 유정수 심어 놓고
몸 풀어 마음 바쳐 늙은 날을 기대일 땅은 없을까!

달콤한 숨을 쉬는 합환화여
토종 중에 정감 어린 자귀나무여?

솟대 새

솟대 위에 앉은 나무새가
풍류 있는 마을을 일러줍니다

나그네는 마땅히 귀기울여
들뜬 세상 부끄러운 줄 알았습니다

고향에 빈 집을 지키는 바람결에
옛날로 날아가는 새,
허무한 한 오백년 이야기합니다

붉은 솟대 위에 청룡이 있으면
어사또 생가가 있읍네 했다든데

오늘의 장대 위에 외로운 새는
나그네의 빈 마음만 이끕니다

길벗 만난 김에 쉬어갈까 하온데
오늘밤은 아름드리
뜬 재물 같은 달이
밝았으면 좋겠습니다

주목에 대하여

귀신 쫓는 나무!
그저 그렇게 알고 있었다

솔잎보다 짙은 잎이 빈 틈 없는 가지들로
근접하기 어려운 맵시다

쥐똥나무들이 아웅다웅 늘어선 산책길에
그 봄이 다 가도록 볼 일 없던 주목이
언제쯤 핀둥 만둥 소외된 꽃을 피웠더란 말인가

이 가을에 터질 듯한 진홍의 열매가
진녹색 바늘잎을 헤집고 눈부시다

두렵고도 신성한 마성의 나무에
방울방울 핏방울 머금은 열매를 보라!

환상적인 아름다움은
첫눈이 내릴 때까지
가슴 설레는 소식으로 남아 있다

어리석은 어른들의 근심을 쫓던 의지의 나무!

주목은 죽어서야 붉고 단단한 속살을 드러내어
가구가 되고
집기가 되어
주부의 사랑으로 윤이 난다

조각보

뚝배기에 끓인 장맛 같은 마음에
오얏씨를 품었던가?

비단 조각보가 그 마음을 대신하여 나를 꿈꾸게 한다

조각보는 태양을 상징하는 주홍을 주축으로
사방의 길이 열렸다

홍 녹 백 황 남 같은 원초적인 색상은,
정사각과 직사각의 각이 엇물려
이색적인 배열이 구조의 틀이다

멀고도 은밀한 손끝의 다짐은
인내를 벗삼아
방향이 바뀔 때마다 치열한 고비가 엿보인다

갑사의 질감은 투과성이 일품이다

그러기에 바람이 서성이는 바탕 넘어
은은히 비치는 바느질밥이 또한 예술이다

스스로 엄격할수록 남을 편안케 하는
표현의 세계는 미로였었지!

그 숙연한 정성을 따라
오늘도 보경이의 조각보는
나를 쉬이 방목할 것같지 않다

인연

인연은 거의 악연이었다

가깝고 진할수록 유심히 보면
실체가 어두웠다

윤회가 있고 없고 알 바 아니지만
이승을 전생의 거울이라 생각하면
안 풀리는 한이 없고
안 되는 용서가 없어

윤회는 그렇게도 원만하다

삶이 고달픈데
헝클어지지 않았으랴?
인연이 깊어 다시 맺어졌으니 어찌 원활하랴

절실한 마음을 한 겹 벗겨 보면
인연이란 끄나풀은 꼬이지 않으면
매듭지게 마련
실마리는 보이지 않았다

그 마음 꿰뚫어
입었다 벗었다 그러다가
자유롭고자 하나
마음같지 않아 놀란다

조심하는 도리로 살아야겠는데
이해는 쉬우나 실행이 어려워
남은 날을 닦달하며 갈 길이 너무 아득하다

희망

왕창 울어 버린 하늘 아래
무지개 뜬다

그렇게 진동할 순 없어도
몸은 마음가는 곳에 있는 것

손이 이끌고
발이 닿는 모든 것이
일으키는 시간은 희망이다

무지개도
터무니없는 절망에
뿌리를 두고 있지 않은가!

3부
흙의 마음

흙의 마음

무너지는 마음이
평지(平地)를 이룬다

씨앗을 받아들이고
뿌리에 자리를 내어주고—

평지에서는
이슬이 서로를 보담아 주듯
햇살도 느긋이 쉬어간다

그러기에
식물은 열성으로 열매를 맺고
우리는 차분히 핏줄을 이어가나 보다

나를 양보하는 이웃사랑이나
무너지며 기다려 있는 자식사랑이 다
평지를 이루는 흙만 같아라

뿌리

보이지 않는 곳에
깊숙이 자리잡아
굳어진 근본이다

근본은
과거로부터 미래에 전달되는
소식의 뿌리다

뿌리가 튼튼한 식물은 풍요롭게 열매 맺는데
뿌리를 내어주는 식물은 무얼 거두나?

연고증(緣故症)이란 지느러미가
물살을 타는데
연고 없는 능력이 시중든다

진정한 뿌리는
바람에 수분을 빼앗기지 않고
이디에도 구속받지 않는 정신이기늘—

이슬

하늘과 땅 사이를 교감하는 시간 속에
이슬이 없다면,

무엇으로 아침을 거들어 생기 있게 하고
저녁을 서둘러 밤이 있게 하였을꼬

육신이란 그릇 속에 마음이 없다면
또한 빛이 없다면

이슬이 내리듯 정을 쓰고
열심히 일한 뒤 어찌 편히 눈을 감으리요

없는 듯이 있으면서
뭇 생명을 이롭게 하고
홀연히 사라져

이슬은
순간을 살아도
우주를 머금은 듯한데

똑같이

사라질 운명을 살면서

인간의 일생은
터무니없이 탁하다

냉이와 순이

들녘에서
냉이는 햇살 고운 세상 만나
어리둥절했었지요

냉이 캐러 온 순이가
봄나물로 태어난 보람을 알게 했어요

냉이 향기랑 달콤한 뿌리 맛이
비길 데 없는 자랑도 빠뜨리지 않았지요

쑥은 뜯고
냉이는 캐는 까닭으로

순이 돌아서며
냉이 씨가 마를까 봐 은근히 걱정했었지요

순이 없어도 냉이는 봄처녀 사랑에 살고
순이 어디 있어도 봄나물 사랑에 사는 것을—

들녘은 언제까지나
그들 마음의 햇살 무늬인
사랑으로 살이 쪄요

신록의 향연

신록은 봄꽃 축제 뒷풀이 향연이다

밤을 적시며 비 오신 뒤

사람의 개성만큼이나 다양한 빛깔로 새 잎 돋아나
젖비린내가 솔솔하다

온통 연두빛 치장을 한 꽃나무들 옆에
움쩍 않는 향나무 있고
그 옆에
연두빛 리본이 가지런한 사철나무
세상을 얻은 듯하다

늘 푸른 나무가 크고 근엄할수록
새 순은 유머 감각처럼 돋보인다

자연은
참으로 너그러우신 어머니!

버릇 없는 우리를
언제까지
사랑으로 울리시네

시골길

시골에 가면
황톳길, 자갈길이 왜 나를 고향에 왔다고 하지?

길가에
풀포기 꽃대궁이 죄다 어떻게 날 알아보지?

산이나 들이나 강둑길이나
어디를 가도

엄마 같은 가난이 따라와
매운 고추같이
마늘과도 같이
눈을 아프게 하고 등이 뜨겁다

바람을 가두어 놓고
강아지풀들이
일제히 목을 뽑는다

무슨 소리든지 꼭지 떨어지면
헝클어질까 보다

시골길은 줄레줄레 앞서 가거라
못볼 걸 볼세라
앞만 보거라

등산길

밤비소리 잦아들며
등산길이 열리고
비구름이 샛강을 빠져나간다

계곡을 타는 물소리는 엄살이 심하고
비탈에 선 나무들은 저마다 산을 짊어진 기세다

밤 사이 휴식도
빛을 아우르는 수고도
날이 새면 더는 낯을 가리지 않는다

산마루에 햇살 돋아나자
고목도 새 잎을 보듬고
묘목도 떡잎을 떨구는 이 화려한 침묵!

태양을 안아보고자 하는 열의는
잎을 늘리고
우뚝 서고자 하는 의욕은
키재기를 한다

날 궂은 뒤

부쩍 자란 눈 높이 나무들도
밤비소리 잦아들며 등산객을 기다린 듯—

4월이다

지팡이도 꽂으면 움이 돋는다는 4월이다

마지막 속잎까지 일으켜 세우는
햇살은 황금빛이다

꽃심마다 꿀이 익는 소식
바람에 날고

현란한 등을 보이며
제비 돌아와

이 짧은 순간을 바삐 살라 한다

푸르름 속으로 감추어지는 꽃길 어디에서
꽃잎 축축한 울음 우는가

꽃이 지나
잎이 지나
돌아서는 힘은 뿌리에 머문다

하늘 아래 덧없는 마음도
땅내 맡으면 움이 돋아나는 4월이다

비 속에 꽃이 지네

검은 길을 하얗게 포장하며 꽃이 지네

세찬 비 아니언만 하염없이 지네

벚꽃 잔치에 초대한 친구 오지 않았는데
봄이 서툰 가슴에 부음처럼 꽃이 지면
말 못한 사연들 깃들일 곳 없네

꽃잎 벅차게 쏟아지는 바람 따라
북소리 둥둥 산에서 우네

눈물인 듯 빗물이 흘러
나를 지우네

고인돌

선사시대 사람의 손때가 묻은 집,
빈 집을 지키기에 맞바람이 세차다

역사라는 괄호 안에 묶이지 않은 문화유산,
고인돌이 왜
꼭 무덤이어야 하는가

무리를 이끄는 우두머리가 앉았음직 하고
그 당시 흔하던 벼락을 피했음직도 한데—

너무 큰 덮개석 때문에
비어 있어도
더 많이 비울 것이 있는 것처럼 보이는
인류 역사의 정신은
남루한 현대의 정치를 몰라
참으로 비어 있지 않은 이유로 살아가는 무덤집이다

고인돌 앞에 서면
지칠 줄 모르는 담력을 배경으로
바다가 넘나들고

돌아서면
산이 연신 어깨를 비빈다

멀디 먼 조상의 이름으로
짙은 입술을 가진 궁금증이 입을 열 때마다

시간은 실수한다

길

어디서 어디로 가기에
지금 내 발 아래 누웠는가?

솔씨 하나 품지 못한
박정한 가슴으로 열려

가난은 말도 않고
슬픔은 울도 않고 가버렸지

길은 때로
삶의 기둥으로 있고
마음의 줏대로도 있더니

웬일로 이 가을엔
푸르름으로 가는 그리움에 있다

돌계단

돌계단은 어찌나 높은지
양편에서 계단을 이끌며 늘어선 수국이
연분홍에서 청색에 이르는 시차를 보여요

돌계단의 역사가 얼마나 오랜지
갖가지 풀이 돌 틈에 돋아나
밟혀 죽고 새로 나고 또 죽어도 계단이 푸르러요

수만년을 변함 없이
방랑하는 인간의 기질을 태우고
돌계단은 안개 자욱한 높이를 오르는데

사람은
돌계단 오르는 자신과 맞서
태산 같은 자기를 극복하네요

모든 존재는 이야기를 품고 있지만
진작 울창한 사람의 이야기는
아프게 흐르고 있어요

울타리

이모님은 흙담집에 사셨습니다
흙담은 이엉을 이고 있었지요

싸리나무로 엮어지른 대문은
언제나 열려진 채였습니다

그곳으로 밤새 파도소리 몰려오고
검은 발자욱 소리 드나들어
잠들 수 없었어요

또 한 분 이모님은
탱자나무 울타리가 텃밭을 싸고 돌아
경계가 희미한 넓은 집에 사셨습니다

나리꽃 피고 창포잎 빼곡했지만
소방울 소리가 밤새 흔들려 잠을 이룰 수 없었지요

두 분 이모님 떠나시고
그 길 잊혀진 지 오래였는데
잠 못드는 밤이면
그 길은 나를 가꾼 고마운 울타리로 살아납니다

나는 어떤 모양의 울타리인가도 생각했지요

무시로 바람이 드나들고
계절 없이 울적한 싸리나무 울타리!

그늘 지우지 않아
꽈리꽃 피고 열매맺고 병아리 노니는 꿈꾸었습니다

표주박

표주박은
가슴 속에 옛 사연을 담고 있다

허리 잘록한 쌍둥이 표주박은
청실 홍실 허리띠를 매고
댕기 맨 처녀가 보고 싶은데

아담한 바가지는
사랑을 대신하는 그림으로 생겨
샘터에 새 소식처럼 열려 있다

물 항아리에 표주박 띄워
아장걸음 걷던 산비야엔
올해도 칡넝쿨 기어가고
뻐꾸기 우는지

바쁜 일손 잡지 못하여
그 모습 사라져가는 표주박 사랑에
고향 가서
문설주에 뒤웅박 걸어 놓고
넌지시 옛날을 가꾸고 싶다

밤비소리

비소리에
자정을 넘는 시간이 젖고 있다

잠 못드는 마음도 따라
흥건하다

사색의 못자리에
선도(鮮度)를 의심받는 언어가 불을 밝힌다

언어는 신열이 높다

무수히 구두점을 찍고
돌아누운 안녕이
비로소 부드러운 이불을 쓴다

밤비소리 속에 가라앉는 것은 나만이 아니다

과거가 빠져나간다

홀으로 떠돌다 안팎의 경계를 허문
과거가 젖는다

현기증을 일으키는 밤비소리가
새벽 두시로 가고 있다

기차소리

관광열차로 돌아온 증기 기관차가
공기 맑고 눈빛 영롱하던 세월로 간다

파도가 거품을 물고
저녁 노을이 가슴에 북받치던 그런 길은 아니지만
치이익 푸우욱 치익 푹
옛날의 향수가 고개를 끄덕인다

그 소리 헤엄치는 마음이 달려
고향길 가닥이 잡히려는데
화살표를 쪼개듯 '으앙!' 하는 소리

오늘의 기차소리가
나를 통째 지워 버린다

얼마만인가
덜컹거리며 돌아서는 마음에
다시 녹슨 철길이 선다

망창의 계절

망창은 자연을 숨쉬는 계절의 문이다

나뭇잎들이 현기증을 일으키는 가뭄에서
줄곧 비내리는 장마철까지

무던히 그리움이 많은 나는
망창에 걸린 벅찬 그림이다

풀 냄새, 흙 냄새 마신 바람도
바람에 취한 빗줄기도
숲의 침묵을 읽었었지……

몰래 빠져 나가는 시간은 왜
모른 체하는 마음의 덜미를 잡는지

그 사이
밤벌레 울음소리
망창에 걸린 나를 저민다

4부
생각이 깊은 산

생각이 깊은 산

보슬비 맞으며 산길을 가면
촉촉한 목소리가 꼬리를 문다

나무에서 실족사한 빗방울 소리다

옷이 젖어
더는 젖을 것이 없을 즈음
무거운 마음의 평온이 보인다

생각이 앞선 사람 뒤처지고
몸이 앞선 사람들 앞서는 길에

우수가 깃든 비는 뺨을 적시고
생각이 깊은 산은 뜻을 적신다

우리는 얼기설기 세상을 헛살아도
시간은 헛도는 법이 없음에―

모랫벌에서

바다는 지구를 감싸안은 어머니
파도는 바다가 어머니이게 하는 현실

오늘, 바다가 낳은 것 중에
가장 실한 놈은
배짱이 두둑한 소라 고동 껍데기

바다의 거창한 역사를 요리하는 모랫벌에서
빈 껍질 하나에 코를 묻고
준엄한 우주의 맥을 짚는다

돌침대

돌 위에 누워 햇살을 칭칭 감았다

심야전기 같은 햇살이 너럭바위 속에 있어
초여름 밤이면 거기 누워 별 동무 되었었지

그리움은 상승기류를 타고 아쉬움은 난기류를 타는지
먼 나라 사람도 가슴이란 온실 속에 더불어 있는가 하면
멀쩡한 사람도 풀밭에 깃든 흙빛이 된다

떠돌이같이 한참을 떠돌다가
기억의 급류에 밀려
너럭바위가 돌침대 되고
나의 어린 날이 늙은 날 되어 나른한 몸을 푼다

돌침대!
너는 얼마나 엄청난 모체에서 태어났기에
단숨에 이리도 반듯하니?
또 얼마나 먼 길을 돌아왔기에
이렇게도 매끈하고 따스한 몸으로 다시 태어난 거니?

나의 잠꼬대는

어느 산자락을 고향으로 돌과 함께 불거져 나와
하여튼 어디론가 가고 있다

어느 무심한 날, 우리 헤어진다 해도
돛대며 날개가 없었으므로 너와 나는 아예 굳건하다

역시 고독은 쾌청하다

섬

섬은
선택된 그리움의 땅이다

그리워 하다가 멀어져가는
시간의 수레바퀴를 축으로
산맥은 늙고
바다는 울어

비내리는 밤의 합창소리가
그리움에 사는 섬을 더욱 그리워하게 한다

낮게 드리운 장마철 하늘 아래
어정쩡한 어둠이 밤낮의 경계를 허물고
어둑한 나로 하여금
수시로
밤바다 소리에 귀기울인 섬이게 한다

섬은
치열하게 부딪쳐 보고 싶은 그리움으로
구색을 갖춘 땅인가 보다

빈 집

홀로 빈 집을 지킨다

빈 집은 내 안에 들어와 해파리처럼 유영한다

'나'라는 집에는 벽이 없어
하늘도 다녀가고 바다도 투명한 살빛으로 있다

한 번만 쓰러지는 내 삶의 굴렁쇠는
어디로 가고 있는지

살에 박혀 있을 때는 외로움이더니
살을 뚫고 나온 것은 도리질이다

아득한 향수처럼,
몸에 배인 의지처럼,

나로 하여 숨을 쉬는 하늘과 바다
그로 하여 아름다운 빈 집을 지킨다

제주도의 오름

애초에
바다의 자궁이 불을 뿜었으니
폭음으로 일어선 땅심은 참으로 힘찬 불두덩이었다

이윽고
한라산이 태어나고
죽 끓듯 치솟은 눈, 눈두덩이 가라앉아
사방에 오름이 열렸더라

수 백을 헤아리는 오름으로 하여
제주도는 여태 젊어 있다

명성도 없고 가는 길 험하지만
그 길에 길들여진 사람끼리
오름에서 숨쉬는 오롯한 행복!

이 땅은 햇살 머금은 삶의 쉼터다

뭍에서 얻은 시름
섬에서 풀라 하고
느긋하게 기다리는 가슴이다

두꺼운 생각 속에 똬리를 풀어
욕심도 뉘우치고 외로움도 뉘우쳐 살라 한다

하늘 아래 큰 그릇이로되
큰 물 범하지 않고 가뭄 죄이지 않는
더 많은 오름에 올라보자

내일은 또 다른 내일의 눈이 열리리─

제주도 유채꽃

유채꽃은
한반도에 갓 태어난 봄소식이다

온화한 겨울의 땅, 제주도에서
은밀히 신혼 일정을 속삭이다가
일제히 가족사랑을 외치는 꽃!

유채꽃이 피면 제주도가 술렁인다

향기 두드러지지 않고
혼란스럽지도 않아
제 잘난 맛에 사는 꽃들 가운데
은은한 기쁨이 되는가 하면

들판에 널리 퍼져 있어도
다소곳이 이웃을 챙기는 화합의 꽃이다

시샘이 많은 갯바람마저 등에 업은
제주도의 유채꽃 소식은
유쾌한 철부지들의 놀이마당 같다

제주도 억새

국제적인 미소의 고장

제주도에
억세게 억센 풀 억새가
숲을 이루었어요

우리의 상식을 한참 뛰어넘은 기질로
억새밭은
사람들을 빨아들이고
햇살을 소리나게 구겨놓아요

바람을 생으로 마시고
흰 말갈기 날리듯 거창하게 웃는 가을을 만나니
먼지 먼저 떠벌리는 뭍의 기억이 소나기를 맞네요

바닷바람 헤치는 뱃길에서노
조용한 창 너머 하늘 길에서도
무시로 들리는 소식 가운데

제주도 억새는
사투리로 웃는 질박한 꽃이래요

제주도의 수국

수국은 가슴이 커서 엄마스런 꽃이다

큰 길가에 수국이 늘어서니 안방 영접 같은 환대다

벌집 흉내를 내며 어우러진 꽃송이는
시차를 따라 색깔이 변하여 칠변화란 별명을 실현중이다

뒷받침 잎새도 푸짐하여 수국은 당당한 관광 길잡이

유년의 뒤뜰에서 머리 맞대고 놀던 꽃,

수국이 유달리 크게 웃는 섬
제주도에 옹기종기 사랑을 심어놓고—

가을의 장

가슴에 문풍지 소리가 난다

어눌한 가슴을 헤집고
바람으로 다가선 단풍잎은
초우량급 언어의 폭력인가 보다

피묻은 형상으로 떨어지는 낙엽과
낙엽을 앓는 발길에 슬픔을 엎질러 놓고

내 키만큼의 가을을 부축하며
때늦은 시간에 내가 기다리는 건
나를 기다리는 그 무엇이다

복권처럼 꽝(○)이 쌓이는 기다림 속에
올해도 낙엽은 쌓여
만삭인 가을의 장은
얼룩이 심하다

외딴집

마을이 웅성거리는 길을 거슬러
계곡이 흐른다

나그네는 풍경 속에 머물고

물소리는 물레를 돌리고

마지못해
지구는 궁둥이를 한 뼘쯤 틀었을 게다

모두가 쳐다보는 자리에
외딴집 한 채

세상을 내려다본다

무얼 먹고 사나?
누군가 밥 걱정할 때

어떤 이가 사나?
누구는 마음 걱정했다

나그네 홀로
계곡을 흐르며
도 닦는 한 생각했다

볏가리

추수 끝난 농촌에 가면
볏가리가 보기에 흡족했다

볏가리가 볏짚을 묶어
차곡차곡 쌓아 올린 껍데기 집인 줄 알았으랴?

초가지붕이 품고 있는 알곡 창고인가 하여
속으로 부자네! 했었지

어쨌든 볏가리는 크면 클수록
반듯한 솜씨가 요구되고 협동정신이 필요한
그 마을의 얼굴이었다

그런데 멀지 않아
볏가리가 헐리는 걸 보고 말았다

볏단은 소들의 여물이 되고
일부는 퇴비로 던져졌다

그 속에는
진작 아무것도 없었다

그 때 허전했던 어린 마음이
이제 와서
사람의 한 평생이 그렇다 한다

무언가 있을 것 같은 생각의 볏가리!

쌓느라 아둥바둥 했었지
헐릴 때 허탈해 했었지

실속이 있어도 그만 없어도 그만
세월 속에 사라질 볏가리인데……

고독의 메아리

주저앉은 시간의 메아리가
하늘나라로 가고 있다

외딴집 굴뚝 연기처럼,

얼마나 진솔한가!

우리의 근본은 전무의 경지거나
전부의 추세였다

근본이 보이는 줄 모르는 고독은
많은 것을 주고 갔다

어떤 그릇에 얼만큼 채울 것인가?

여러 번 고쳐 앉아
미련 없음을 확인한다

숨을 거둘 때마다 뜨거워지는 작업은
미처 읽기도 전에 사라진 화면 같아서

적막조차 바닥난 거기,

완전 연소를 향한 메아리가
하늘나라로 가고 있다

장승과 길손·1

봄날 꽃보고 웃은 적 없어도
가을 단풍에 조바심 일어
장승이 비를 맞네

봄에 온 길
가을에 다시 찾은 길손 안에도
그런 저런 피가 흘러
구멍 뚫린 마음을 아시겠는가?

삶의 어부지리로 만난 장승도
오늘은 뒤돌아보고 진 기찬 마음을!

진눈깨비

눈 섞어
비 섞어
왼 종일 오는데
쌓이는 게 없다

잔뜩 흐린 하늘의 무게 때문에
풀죽은 추위는
진창길 마다 않고
진눈깨비로 부서진다

후회하는 것도 같고
원망하는 것도 같은
눈 비 몰고

뜨락에 내러선
겨울도 늙어

갈 길이 막막하다

겨울 호수

초상집 같은 갈대숲이
겨울 호수를 지키고 있다

어디서 비롯했는지
정적은 골이 깊어
안간힘을 쏟는 태양마저 힘겹다

모두가 속으로 움츠러든 겨울 한가운데
햇살의 본류는 의연히 호수를 달래고
어부지리는 얼음장 위에서 산산이 부서진다

겨울 호수가 품고 있는 저 빛깔은
대뜸 입고 싶고
거닐고 싶은
그리움의 바탕색이다

봄을 기다리다 말고 벌레먹은 마음
어디쯤인가
먼 빛에 산이 있다

분명

그 아래
김이 오르는 사연이 있을 거야

못다한 이야기가 꼬리에 꼬리를 물고
울타리 치며 사는 마을이 있을 거야

다시
지칠 줄 모르는 위안이
겨울 호수를 지키고 있다

다리

모든 강이 나라의 혈맥이라면
다리는 시간을 큰 폭으로 달리게 하는 관절이다

강을 건너지르고 산을 건너뛰고 육지와 섬을 이어주며
하나뿐인 개성을 자랑한다

어디서나 뿌듯한 인간의 의지로 일어선 다리는
안개 속에 꿈을 꾸고 노을 속에 사랑을 받는다

친절한 손길 같은 징검다리와 다리의 시조인 외나무다리는
아주 먼 고향으로 치우친 다리

그들은 미덕으로 역사를 사로잡고
현대의 기라성 같은 다리는
우리에게 책임을 물으며 우리의 인기를 누린다

건널 수 없는 자유의 다리와
하늘 바라는 구름다리는 포부를 지닌 미래의 다리요

선죽교 같은 충신의 다리와 오작교 같은 사랑의 다리는
사람의 길을 여는 지렛대같이 소중한 과거의 다리다

할아버지, 아버지, 그리고 우리 모두 차례로 건너갈
무지개 다리는 그 중 높고 우아한 생각의 다리!

지상의 모든 다리는 살아 있는 자의 자존심이다
조상에서 자손으로 이어지는 긍지다

연

허공에 높이 뜬 연은 바람을 입고 산다
연은 변덕이 심한 바람의 자식이다

얼레를 감았다 풀었다 하는 손을 미끼 삼아
시간을 자멱질하고 있지만
연은 이미 연줄에 연연한 지상의 연이 아니다

연줄 같은 땅 위의 인연들 제풀에 쓰러져
살아 남은 슬픔이 우는 소리 들릴 리 없다

땅 기운 떨어지고 멀어질수록
연은 쟁쟁한 바람의 연이다

새벽녘 소리

새벽녘 소리

뻐꾸기 시계가 네 번 울도록
어둠이 피로에 시달리고 있었습니다

홈통을 타고 내리는 물소리가 빗물인가 했지만
추측은 충분치 않아
겹창을 열었습니다

뼈에 사무친 빗줄기였습니다

우레소리 머금은 뜰에
아크등은 더욱 붉어 스산한데

건너 마을 외등은 흡사
바다에 뜬 고기잡이 배들처럼 흔들립니다

막무가내인 빗발이
어지럽힌 조명 아래
잎들은 은빛으로 휘둘리고

아스팔트는 살갗을 번뜩이며
자욱한 물결무늬를 짓습니다

맑은 창을 뚫지 못한 비소리가 흉흉하여
내가 콩알만큼 줄어듭니다

참숯

욕망을 불에 던져
불 속에서 죄를 씻고
의연하게 태어난 참숯

석탄처럼 까맣게 빛나면서
쇠처럼 청아한 울림을 감추어 놓고
숲 속에 정기를 뿜는다

죽음이 자신을 허물도록 버려두지 않고
죽음조차 과감하게 다스린 탈육의 본보기

참숯은
빨간 고추랑 짝을 지어
금줄에 꽂히고
장독을 지키던 옛말하면서

습하고 냄새나는 구석지에서
자주 숨은 공을 세우더니

이제사
마른 꽃 소재 속에 강렬한 인상 심어

응접실의 얼굴로 금강을 이루었다

욕망을 불에 던져
불 속에서 죄를 씻고—

나이

쓸쓸한지, 쓸쓸한지,
그런 나이를 먹는다

꽃이 피어도 서럽다시던
어머니 말씀에 이제사 귀가 트여

하루 해가 저물 때마다
예사롭지 않은 그림자를 밟으며……

실꾸리

바느질함 속에 들지 못하고
장롱 깊은 한 켠에서
자주 손을 타는 실꾸리 한 쌍

심은
연두빛 노을빛 서로 맞물려
구름다리 넘어온 형상이다

마무리 홈질은 감추어질수록
쫓아가 보고 싶은 어머니의 품위,

실타래 풀어
실꾸리 감으셨을 긴 시간 아름다워라

실꾸리 받아들고 뿌듯한 여인의 길도
시침실 놓아보니 한 마장 남짓이라!

귀하여 함부로 쓰지 못하고
물려줄 손 길 찾으니
새것만 탐하는 눈이 눈부셔
고개를 떨구는 한 생각!

어머니의 실꾸리는 눈물이어라

새벽 세시에

새벽 세시에
배멀미 같은 그리움이 있어
눈꺼풀이 열렸네

창은 흔들리지 않아도
기적처럼
달을 품어 있네

우리를 이어주는 운명처럼
햇님 생각에 골똘한
달님을 보네

토종닭

깃은 윤이 나고
볏은 붉어
가풍을 일으키느라 장닭은 홰를 치며 울고
날지 못하는 울화도 그렇게 삭이는가 한다

암탉은 앙증스런 병아리떼 몰고
괴괴한 목소리로 질서를 이끌어
발톱에 실린 무게가 세상을 통째 얻은 듯하다

토종의 하루가
이렇게 광택나는 데 반해
우리네 삶은 울적하다

밤을 낮같이 밝힌 양계장에서
암탉은 계속 알을 낳고
우리는 거짓부렁 같은 알만 먹어
거짓에 익숙한 처지가 아닌가

토종이 그리워 찾아든 고향 뜨락에
어미닭 그림자처럼 병아리 맴돌고
놓아 먹인 기상처럼 장닭이 울어
우리의 울분을 헹가래친다

독도

나는 곧 시간이요 공간이다

한반도의 역사가 심지를 돋구어 동해를 지키는 독도니라

반도에 이끌려
비가 오면 젖는 맛에
바람이 불면 거뜬한 기분에
등대를 밝히는 사랑의 역사니라

사랑할수록
외로움은 찬란한 비늘을 일으켜 의로운 사람 달려오고
오는 대로 파수꾼 되니 듬직하고 또 넉넉하니라

누가 망루에 선 파수꾼의 눈을 피하랴
그 누가 민족의 방패에 흠집을 내고 온전할 수 있으랴

큰 강은 이름으로 흐르지만 발원지는 숨어 산다
나도 그와 같은 힘을 지닌 방패니라

홀로
아리랑 가락이 출렁이는 온정에 젖어 있어도

맑은 날이 더 많은 사랑에 눈 뜬
나는 섬이다

방명록

아무도 없는데
괜히 들락거려도 싫지 않은 문,
홈 페이지 손잡이 이름은 방명록이다

방명록은 반지다, 사랑으로 매만지니까
방명록은 간식이다, 버릇처럼 손이 가니까
아니면
반가운 목소리?
그보다 따스한 손이다

반짝이며 들어갔다가 빈 손이 시들해서 나올지라도
날마다 때마다 기웃거리는 내 집에 아담한 방

아무도 보지 않으므로 이 문을 열면
구박덩이조차 활짝 핀다
쥐구멍에 볕들 듯이

방문객이 줄을 서면 기쁨의 폭죽이 터져
껑충껑충 소리 없이 뛰겠지만
찾는 이 없어도 향긋한 기다림이 있어

방문은 언제나 열려 있고
객이 편하도록 주인은 자리를 비켜 있다

참 좋은 집에
꿈꾸는 방
나의 방명록 사랑

호박꽃

모양새가 푸짐하고 빛깔이 푸근하기로
호박꽃보다 풋풋한 정이 감도는 꽃은
다시 없어라

세상을 떠돌던 건달도 품어주는 고향집 텃밭같이
호박잎 활짝 펼친 언덕빼기에
부채춤 추는 바람 불어올 때면

호박꽃 속에 햇살 다시 태어나고
더불어 행복했어라

가운데 자리는 양보하고
구석진 데서 열심히 사느라
가슴 터질 일 겪을 겨를 없고
남부럽지도 않았노라

무서리 내릴 때 뽀얗게 분칠하고
달덩이같이 늙어가는 호박은

빈틈 없이 해바라기 한 농심의 보람이요
꽃띠 세상 변화시킬 호박꽃 사랑으로 태어났어라

외양에만 힘쓰던 겉치레 마음이
결코 잊지 못할 고향의 호박꽃!

찔레꽃

하얀 가시덤불 꽃,

무더기로 찔레꽃 피어
바람에 묻어온다

향기가 야산을 헤엄치고 있다

햇빛에 쏘인 찔레 향기
옛스러워

갈 길은 등을 보이고
마음의 화덕에는 재만 차고—

축제에 끼이지 못하여
너의 체면도 그렇구나!

찔레 순 꺾어
아작아작 씹던 아이들
무심치 않다

고향 가자꾸나

슬픔은 어디서 묵는지,
기쁨은 또 어디서 쉬고 있는지……

봉선화

복중에 피는 봉선화는 갸륵한 여인의 꽃이다

화원에 한 자리 얻지 못하고
우물가에나 울밑에 피어
쓸쓸하게 꽃잎 내어주는 봉선화는
우리의 노래 속에서 사뭇 울더니
울고 싶은 마음 속에도 사철 핀다

꽃은 가지각색으로 어여쁘지만 고개 숙여 있다

꽃과 달리 과민반응인 꽃씨 주머니는
손이 닿기도 전에 다섯 갈래로 찢어져
황갈색 씨앗을 터뜨린다

각기 안으로 말려들며
열화 같은 삶의 애착을 보여 애잔한 느낌이다

놀이문화가 없던 시절
돌맹이 주워 공기놀이 하던 소녀는
봉선화 물들인 손톱이 유일한 치장이었다

그 때
민족의 애환 속에 아련히 꽃핀 봉선화는
이 땅의 울분을 속으로 끄덕이는 혼의 꽃이었다

황혼에 접어든 인생길에
목가적인 풍경을 그리는 마음 속에
무더위를 식히며 오늘도 드문드문 봉선화 피고 있다

창

창은 쾌적한 삶의 거울이다

창이 없으면
두더지 같은 생각뿐이리라

토굴을 벗어나자
움막집에 봉창을 뚫어놓고 얼마나 후련했을까

깨어지지 않는 오늘의 유리창은
속보이는 세상을 연출하고 바깥 세상을 열어주어
어둡고 칙칙한 세월을 장사지냈다

말갛게 벗은 사색의 틀,
휘황한 창조의 벽은
바람과 눈 비 같은 소식을 여닫기 위해
내 집에 활짝 트인 가슴이다

나는
밤에도 잠들지 않는 아파트의 창을 사랑한다

수많은 내가 환상적인 초대에의 길을 떠나고

새로운 나로 돌아와
미로에 웅크린 어둠을 걷어낸다

창은 끝 없는 기다림으로 나를 여과하여
겁 없이 자연 속에 묻히게도 하고
자연이 내 안에 숨쉬게도 했다

창은 사철 살아 있는 마음의 공간이다

그림자

마주보고 그리다가
사랑에 주려 죽은 그리움 나타나
또 다시 마주보네

어둠을 몰라
어둡게 태어났지만

햇빛이 낳고
불빛이 만들어
달빛에 그을린 그림자!

발견해 주기를 기다리는지
발견되지 않기를 바라는지

그림자를 보면서 느끼는 한계가
사랑을 뒤돌아 보게 하네

환갑 해에

60년을 돌아본 감회는
무게의 중심을 세워
뚜벅뚜벅 걸어온 것 같지가 않다

미련스레 등 밀리지 않고
영악하게 앞당겨 살지 않았건만
시간의 무덤을 헤쳐
나를 캘 수는 없다

어둠만이 자애롭던 시절
처질 듯 뒤처질 듯
경황 중에 온 길

예서 보니 나는 왜 혼란해지는가

다들 어디 가고 이리도 낯선 나와 마주치는가

삶은 참으로 짓궂은 꿈이었어라!

넋과 몫

넋은
타고난 자신의 원형질이다

몫은
이 세상살이 가운데 자기 차지다

넋이
삶의 가치를 귀히 아는 외로움이라면
몫은
삶의 의욕이 빚은 기쁨이다

지극히 단순하고 허허로운 넋은
몫을 따지는 마음의 기름기로도
능히 죽임을 당한다

우리의 몫은 언제나
모자라게 마련이어서
오직 눈물로만 씻어지는 넋!

그 원기는 어디에서 오고
이 허기는 어디로 가는가?

수수께끼

어떤 것을 알아맞히는 수수께끼 놀이와
속내를 알 수 없는 수수께끼에 맞서서
젊은 시절이 여물어 갔다

어디가 어딘지,
어디까지인지 알 수 없어도

인생의 수수께끼는
미궁같이 숨막히지 않고
동굴처럼 숨쉬는 것이언만

해답을 아는 자만이 문제를 내던
수수께끼가 늙어
결코 해답 없는 수수께끼로
내가 저물어간다

멀미

햇빛을 등에 업은 내 키가 한 자 가웃 남짓하다
그늘이 그리운 시간에 산을 타니
머리는 먹통이다

나를 해체하던 손이 나를 수습하여 나를 조작하는 만큼
산은 꼭지점을 낮추어 준다

부실한 다리에 멀미난 가슴이
부쩍 헛다리 짚는 판에

산이 바다 같고
바람이 파도 같아
주저앉고 싶다

끝내 휩쓸리지 않았건만
뿌리 내리지 못한 그리움은 탈수증이 심해

생각은 냉골인데
등 돌린 사람들의 등은 유달리 따스하다

흘려 들은 말 마디가 일제히 돌아와

괴로움은 견딜 만한데 외로움이 별나서……

건데
나는 왜 갈수록
인덕이 없는 이유가 있음직한 나를
참을 수가 없는가!

알라븅~

아이 러브 유가 심드렁한 마음에도
알라븅은 맛깔스럽다

아이 러브 유가 키스라면
알라븅은 뽀뽀다

아니 아니
정식과 군것질의 차이다

곰탕 맛에 길들여진 아이 러브 유 느끼한 때
삼빡한 샐러드에 초치는 알라븅~

'사랑해요!'가 갖지 못한 장난기마저 보여
마실갔다 퍼온 말

'알라븅'을 혼잣말처럼
허공에 날린다

비누방울 놀이는 아무나 하나

서울을 떠나려네

서울을 떠나려네

이 해가 다 가기 전에
나, 서울을 떠나려 하네

몸은 이름 떨치는 섬으로 가도
마음은 이름 없는 휴식처 찾아

나의 시공이 시작된 이래
절름거리는 일상을 묵인하니
일기 불순한 나날이 나를 양보하네

큰 파도 일어서다가
한숨 토하며 쓰러져
제 심장 소리에 귀기울이는 바다가 푸른 날

빛을 축복으로 받아들이는
아름다운 것들 속에 잊혀지려
어리석은 어둠을 파고들지 않아도 잊어지겠네

너무 울어
맑게 개인 섬 하늘은
능청스럽기도 하려니와

편치 않은 나를 건너뛰어
마냥 잠들고 싶은 과거를 버려두고
흉이 많은 나를
웃어 넘길 만큼 하염없으리니

참으로 떠돌고 싶어
나를 벗긴 홑마음 헌옷 입혀
나, 이제 섭섭한 길 떠나려 하네

궤도

너무 어려운 중력(重力)이나
수수한 인력(引力)보다
쉬운 궤도 중심에
철길이 있다

그보다 자유로운 길에도
자전하는 원심력은 작용하여
궤도를 순항한 결과는
제자리로 돌아온다

제자리에 제몫하기가 고작인데
이정표 없는 길엔
까치도 울지 않아

발은 시리고
어깨 무거워도
끝내 끝이 보이지 않았다

보이지 않는 외줄기 궤도는 너무 슬퍼—

산을 산이게 하고

바다로 하여금 제 터전을 지키게 하는
중력은 정말이지
너무 어려워

바람기

가만히 눈을 감고 있으면 마음의 귀가 열린다
귀가 열리면 생명을 일깨우는 감이 잡힌다

그 느낌 가운데 으뜸은
자연이 숨쉬는 바람기다

죽음조차 죽음으로 끝나지 않게
숨어서 다스리는 천연의 흐름!

몸도 마음도 흙은 물론 바위까지도
남 모를 바람기를 품고 있음이다

몸통 속에 갇힌 영혼의 노래

시를 읊고 따라 읊고
시를 거닐다가 시인의 영혼을 누린다

목소리가 좋아도 그만, 좋지 않아도 그만
기량이 뛰어나도 그만, 남만 못해도 그만

시와 노닐다가
묵은 초가지붕이 비를 맞아도
넘어진 울타리에 바람 불어도
시간의 이슬 아니면 서리 오겠지—

하여
외롭지 않으려다가
더욱 외로워진 마음이나
지쳐서 쓰러진 김에 꾸는 꿈조자
질박하고 아름답다

몸통 속에 갇힌 영혼의 노래!

시를 알면 시인의 영혼을 누린다

밤에만 흐르는 눈물

이층집 난간엔 멍멍이가 살았다

좀처럼 짖지 않는 개가 안타까워
가족들은 개 앞에서 멍! 멍! 짖었다

사람이 짖는 목소리는
인사가 되고 개 이름이 되고 또한 동네 소문이 되었다

어느 날 아침 일찍 잠이 깬 막내 녀석,
자지러지게 소리쳤단다

"멍멍이가 울었어, 멍멍이 좀 봐!"
시멘트 바닥은 온통 눈물 흔적이었다

다음날도 그 다음날도 밤에만 운다는 멍멍이 찾아
나도 그 마음을 대신하듯 혼잣말 했다
'짖기 싫어? 속상한 거지?'

오랜 세월이 지난 지금
말 못하는 가슴이 밤마다 흘린 진국의 눈물이 생각난다

윤회의 윤곽도 유래도 모른 채
혹은 사람의 몸을 받고 더러는 동물의 탈을 쓰고
산다는 것이 진정 그런 것인가?

문득 울고 싶은 바탕에
까닭 모를 물음을 던진다

난데 없는 돌팔매처럼,
있을 수 있는 감동처럼

침묵

침묵은 명상의 어머니다

좌초한 의식 속에
볕들고 바람 스미도록 기다리는 배려다

모든 살아 있는 침묵은
골다공증 삶의 대책이며
전체를 다스리는 거룩한 언어다

시간의 점액질과 각질의 속성을 먹고
유연한 성품으로 다시 태어나는 침묵의 산실 앞에
명화도 명창도 고향은 침묵이다

멋과 익살의 순발력을 아버지로
자연 속의 혼도 일으켜 세우는 침묵

침묵이야말로
과묵하나 철저한 예술혼이다

우울증

흠씬 물 먹은 한지같이
낮은 낯설고
밤은 울적하다

손등은 보이지 않아도
누군가 나를 밀어

바람 불던 날
엎치락 뒤치락 환갑을 맞은 이웃
몽땅 물 건너갔나?

우울증도 메아리를 품는지
자꾸만 뒤돌아 보겠네

해바라기 일생

자리 차지는 적게 하고
주변 공기는 푸짐하게 걸러주고
햇볕은 열성으로 따라잡는 모범 농사꾼

해바라기는
꽃중에 알찬 한해살이다

예상을 웃도는 수확을 위해
사랑의 마음 대신하는 호사를 모르고 살았지만

주어진 길 따라 묵묵히 흘러가며
속으로 꽤나 울었으리

빗줄기 속에 목을 꺾은 해바라기 마음이
빗나간 자식 때문에 우는 엄마 같았으리

비 그치자
구름 사이로 햇살 눈부시고
햇볕이 온갖 근심 털어주던 날의 거뜬한 여장부꽃,
잊을 수 없어라

겨울 해질녘에
그리운 해바라기 마음

왜 자꾸 떠나고 싶은 걸까!

담력 앞에서
—bungee jump

담력은 자기본위다

비극에 굶주린 시선을 모아
담력을 행사하는 각종 도전 앞에
왜 그리 가슴이 저미는지—

서커스 이후
번지점프가 첫선을 보인 날

사나이는 밧줄에 한쪽 편 발목을 묶었다.

계곡을 가로지른 다리 난간에서
활개를 펴고 몸을 던진다

휘둘리고 꼬이고 동댕이쳐진 밧줄의 광기,
그 끝에 추 하나로 사나이가 달려 있다

참을 수 없는 그 무엇이 목숨을 저당잡는 걸까

볼품 없이 끄달린 사나이가
얼마만에 긴장을 풀어준다

집단 목격자 속에서도
담력을 행사한 본인 입에서도 환호소리 들리지 않는다

그렇게들 넋이 나갔나 보다

화면은 사라지고 시간은 자리를 떠도
추 하나의 잔영은 끝나지 않은 비명이다

한강

태백산맥에서 뜻을 품고
서울을 향해
한달음에 큰 몸 일으킨 강입니다

서울을 안고 도는 한강은
서울을 지키는 생명, 그 자체입니다

한강에 의지하고
한강을 받들며 서울이 자라는 것이지요

목마른 마음을 어루만지고
복잡한 생각을 걸러주며
우리의 피로를 풀어주는 한강은
폭 넓은 흐름으로 인하여
남이 먼저 알아보는 우리의 자랑입니다

한강을 바라보는 여유는 값지고
한강을 넘나드는 활력은
세계 속에 기적의 씨를 뿌립니다

한강이 있어

하늘 우러러 기다리는 소식보다
늘 푸른 정신이 우리를 다스리지요

그러하기에
사람들은 한강이 보이는 창을 크게 하고
안개 내린 새벽 강에서
불빛이 흐르는 어둠의 강까지 귀히 여깁니다

금강산에서 태어난 북한강도
대덕산에서 태어난 남한강도
서울에 이르러 극진한 사랑에 근엄해집니다

한강은
세계 만방에 스며든
생명력의 발원입니다

행렬을 따라

외로움이 단색이 아니듯
나는 분명 혼자가 아니다

앞에도 뒤에도 그 어디에도
사람은 없지만
감각적인 낌새가 그렇다

무엇을 향해
어디로 가는 것일까

이탈은 없다
있어도 떡잎지는 소리일 뿐

본능적으로 흘러간다
공간 속을 시간이 지나가는 것처럼

거대한 움직임이다

출발점은 어디였는지
목적지는 있는지
모르는 것을 기본으로

나는 누구라고 확실하게 규정지을 수조차 없다

그리하여
숙명적으로 서럽다

가계부

거미는 산술을 몰라도 정확한 구도의 집을 짓는데
가계부 계산 속은 다질수록 부실공사 판정이다

돈은 사람을 허물어뜨리고 가족을 찢어놓고
몹쓸 범죄를 부른다는데
돈이 놀아나는 가계부에 충실하여 웃길 일 있는가

아무리 벌어도 쓰는 집은 끝내 모자라게 마련이고
적게나마 모으는 집은 결국 남는다

우리네가 '노세 노세 젊어 노세' 놀이타령 하는 동안
중국에서는 '죽어지면 썩을 몸, 일어나 실컷 하세'란다
국민성이 조신한가, 헤픈가의 차이에 미래가 달려 있다

"소비는 미덕이다"고 누가 말하는가?
월급 조금 주고 이익보는 사람이 꼬득이는 말이다

가까운 사람이 물로 끌고 가고 불로 데려가고
낭떠러지로 가면서 혼자는 못 살아! 하지 않던가

쓰는 데 길들여진 가계부를 찢자

"돈은 나서지 마!" 크게 한 번 꾸짖고
자존심을 지키면서 한 번 더 움직이자

끼

끼는
파격이다
감칠맛이다

재능은 제 각각이나
끼는 전체를 아우르고
능란하면서 선명하다

기쁨을 주거니 받거니
끼에 발동이 걸리면
옹이 박힌 가슴도 물컹거린다

예술혼 가운데 끼 없는 순수는
어찌나 맨탕을 닮았는지
출렁일 줄 모르는 감동은 단 한 번으로 족하다

어떤 겁보

산책길에 나의 친구는 한 여자를 만났다
여자는 요상한 강아지와 함께였다

강아지는 미용실을 다녀 온 뒤라 했다
주인 여자 입을 빌은 강아지의 커트비는
몇 장의 수표를 남발 중이었다

강아지가 날름날름 나를 보고 짖는다

나의 무섬증은 노출 과다증인지
고것이 나한테 늑대같이 달려온다

목젖에 금이 가는 비명이 터지면서
친구의 팔등에는 피멍이 들었단다

어처구니 없어 하는 친구의 친구는
그러한 내가 숫제 안중에 없다

"이리 와, 해피, 엄마한테 와"
강아지를 보쌈한 여자는 가고

친구는 꼴불견을 보았노라 웃고
본능처럼 꿈틀거리는 나의 자존심

"엄마라 했겠다, 개년을 보겠네"

아뿔싸!
친구의 왕방울 같은 눈……

"방금 무슨 일 있었던 거야?"

사투리

사투리는 고향 말이다
아늑한 흙냄새가 묻어나는 말이다

표준어 앞에서는 다소 허기졌지만
함량미달인 채 살아왔다

나의 상식선상에 'ㅓ'와 'ㅡ'는 구분이 안 되고
'ㅐ'와 'ㅔ'는 차이가 없다

글 쓰기에 불편하고 불안하고 불만이지만
어쩔 수 없었다

시 낭송
'그대 아름다운 날에'를 알기 전까지……

양현근의 영상시는 어김없이 풍경이 먼저 떴다

달빛이 내린 숲은 특수촬영기법으로 깊어지고
음악은 젖어들고
미소님의 목소리는 사람의 그것이 아니었다

너무나 그윽하여
하늘나라로 오르는 싯귀를 따르노라니
문득 내 귀가 열렸다

'ㅓ'와 'ㅡ'는 확연히 구분되고 차이가 있다

나를 떠난 모국어는 이 얼마나 아름다운가!

거듭 보고 듣다가 빠져들어
덧없이 나를 잃는다

언어가 황홀경 속에 있음을 처음 알았다
나의 사투리가
선천성 불치병인 줄도 알고 말았다

게시판

게시판은
사이버 공간을 장식하는 사람들의 문패다

나의 문패는 내 생애의 텃밭으로 통하는 안내판이다

꽃을 보면 수시로 꿀을 따고
달이 뜨면 마냥 님을 만난다

사랑은 진지하고 길은 새로워
매듭 없는 마음이 맴을 돌다가
꿈의 궁전을 본다

세상을 품은
정 따라 여울 따라
얼마나 시간이 흘렀는지

망막 깊숙이 천연색 하늘이 열리고
한을 뿌려 보람을 걷는다

길손의 집에
떠도는 마음들이 모여

합창할 날은 언제인가

문패의 천국,
사이버 세상에 놀기 좋은 집은 천연색인데
쉬어 가기 편안한 단색의 집에
문패를 걸어놓고—

은근과 끈기

정중하고 정이 깊어
정성스레 빚어지는 온화한 겉모습에

꾸준히 이어지는 끈끈한 기운이
우리의 속내다

불도 끄고 물도 다스리는
은근과 끈기는 어디로 가고

세계인이 알아차린 민족성의 낌새는
빨리 빨리다

빨리 빨리의 원동력은 욕심 아닌가?

어우러져 살기 힘든
욕심은 체증이 심해
갈수록 빛바래는 민족성이다

조상과 자손을 이어주는
다리 난간에
단단한 마음 다져야지!

은근과 끈기는
우리 모두의 가슴에
도도히 흐르는 피의 실개천이다

시적 긴장을 위해

시적 긴장은
명쾌한 울림을 되울리는 기다림이다

은은한 침묵을 깔고
굳어질세라, 흩어질세라
중심을 흔들어
꽃도 보고 나비도 잡고 그러다 향수에 젖어
끝내 울고 만다

꽃은 눈요기를 위해,
나비는 심심풀이로 생을 마감하고
나는 시적 긴장에 못박혀
공통분모를 찾을 길이 없다

이미 정돈된 고집이 나를 다스린다

단 한 번도 공명을 일으키지 못한 긴장은 아프다

이현정 제5시집

사랑의 메아리

●

지은이/이현정
펴낸이/김재엽
펴낸곳/ **한누리미디어**

●

100-845, 서울시 중구 을지로 2가 148-73
신화빌딩 401호
전화/(02) 2278-4513, 2268-4514
팩스/(02) 2268-4524

●

등록/제16-467호(1993. 11. 4)

●

초판발행일/2002년 8월 20일

●

ⓒ 2002 이현정 Printed in KOREA

●

값 8,000원

●

E-mail/hannury2001@yahoo.co.kr

●

※잘못 된 책은 바꿔 드립니다.
※저자와의 협약으로 인지는 생략합니다.

●

ISBN 89-7969-211-0   03810